4475

SOVPIRS
FRANÇOIS

REDOVBLEZ,

SVR LA PAIX

ITALIENNE·

Magna est veritas & præualet!

Veritatem eme. Prou. 23.

Mil six cens quarante-neuf.

Atous les bons François.

Courage, François, tenons ferme,
Nos maux font proche de leur terme,
Ils font trop violens pour plus long temps durer;
Du moins ils ne ſçauroient deſormais empirer:
Car ce que les Tyrans peuuent jamais de pire
Ceſt d'exercer ſur tous vn outrageux empire
        Et vouloir tout faire endurer,
Sans vouloir ſeulement permettre qu'on ſoupire.

SOVSPIRS FRANÇOIS

REDOVBLEZ,
SVR LA PAIX ITALIENNE.

O Chef- d'œuure de laſchetè!
Eſt il poſſible que la France,
Souffre cet infame Traité,
Qui ſi honteuſement l'offence?
Et faut il que le bruit, qui court ſi toſt ſi loin,
l'oublie qu'au Siecle où nous ſommes,
Cette France ait produit des hommes
Traiſtres iuſqu'à l'auoir delaiſſée au beſoin,
Et s'eſtre aſſociez à des fourbes ſuprêmes,
Pour vendre leur patrie, en ſe vendant eux-meſmes?

    Ah poltrons! cœurs abaſtardis,
    Quel or ou, ou quel art, ou quels charmes
    Vous ont ſi a coup eſtourdis,
    Vous oſtant le ſens & les Armes?
Faut-il laſcher le pied ſans aucun coup de main,
    Ou ſans vne Paix honorable?
    Pour le moins il la faudroit ſtable.
Et qu'eſtans mal traitez, le traité fut certain;
Mais traiter ſans honneur, ſans gain, ſans aſſeurance,
C'eſt trahir ſans eſprit, ſans cœur, ſans conſcience.

Dites-moy, lasches deputez,
Falloit-il donc faire les braues
Auec tant de solemnitez,
Pour enfin faire les esclaues?
Esclaues d'vn faquin que vous auez iugé
Comme vn perturbateur notoire;
Est ce donc manque de memoire,
Que vous changez d'auis? est ce qu'il a changé?
C'est toujours vn perfide, & ne fut iamais autre:
Mais il cache son crime, en faisant voir le votre.

On dit qu'il a tant dépensé
Qu'il n'a qu'vn faux *Louys* de reste,
Comme l'eust on iamais pensé,
Veu sa lesine manifeste:
Mais il estoit perdu, s'il ne vous eust gagnez.
Il a bien fait d'estre prodigue
Pour tromper vne si forte brigue.
Il se vange dés là, de vous qui l'espargnez,
Et atteint doublement au but, qu'il se propose:
Car il vous port d'honneur gaignant ainsi sa cause.

Mais ce ne sera pas là tout,
Il fait bien voir par sa conduite,
Qu'il pretend pousser iusqu'au bout
Cette vangeance qu'il medite,
Il n'espargnera pas ceux qui l'ont espargné,
Paris, resous toy au pillage,
Aux feux, aux viols, au carnage,
S'il se peut voir vn iour dedans ton sang baigné,
Iamais il ne s'est pleu dans sa pourpre Romaine,
Au point que celle-là satisfera sa haine.

Si tu

Si tu en doute, ouure les yeux,
Vois tu ces campagnes fumantes,
Et ces maſſacres en tous lieux,
Entens-tu ces voix gemiſſantes:
C'eſt d'vn tas d'innocens, qu'vn Herode nouueau
Perſecute dans ta Prouince,
Par les mains cruelles d'vn Prince,
D'vn Prince qui veut bien luy ſeruir de bourreau,
O bourreau de Paris! falloit-il miſerable,
Perdre tant d'innocens pour ſauver vn coupable?

Faloit-il pour vn Eſtranger,
Trahir ton païs & ta gloire
Et te rendre pour le vanger
Le plus laid objet de l'Hiſtoire?
Penſe-tu que les Lys t'auoüent cette fois?
Ton deſſein impie & funeſte
Les noircit, & te les conteſte:
Comment te croiroit on l'vn des vrays Lys François,
En te voyant traiter de cette eſtrange ſorte
Le Ciel qui les enuoye, & le Champ qui les porte?

Le Ciel qui regarde les Lys,
Comme vn de ſes plus chers ouvrages
Ne ſouffre que tu les ſalis,
Qu'en ſouffrant auſſi tes outrages:
Tes blaſphemes nouveaux qui montent iuſqu'à luy
Retombent ſur ces Fleurs celeſtes,
Et font naiſtre toutes ces peſtes
Qu'on void dans ce beau champ que tu traite auiourd'huy,
D'vn excez de fureur qui tout l'Eſtat affronte
Et fait rougir la France & de ſang, & de honte.

B

Ce ſang que par force tu reſpands
Sçache que c'eſt vne ſemence
Qui fera voir à tes deſpens
Ce que la haine & la vangeance,
Conſeillent à des cœurs iuſtement irritez;
Nous traitant d'eſtrangers, medite
Ce qu'vn chef de Bandis merite:
On ne peut eſtre doux apres tes cruautez;
Soit certain d'eſtre en butte au fer & à la poudre,
Tes Lauriers ſont flétris, crains deſormais le foudre.

Si la France à fait cette fois
Vn monſtre contre l'ordinaire,
L'horreur qu'en ont tous les François
La preſſe auſſi de le deffaire;
Si-toſt qu'vn monſtre naiſt, il le faut étouffer.
Ah! qui ſera la main heureuſe,
La main à iamais glorieuſe,
Dont le coup abattra par le plomb ou le fer
Cet anti-Dieu, qui veut quand ſa rage l'obſtine
Pour miracle changer l'abondance en famine?

Par la plus cruelle des morts
Et par les plus cruels Barbares,
Ce Tyran à fait des efforts,
Que ne feroient pas les Tartares,
Pour perdre le pays qui l'auoit alaité:
O temeritez precedentes!
Il faut ceder quoy qu'excellentes,
Ce malheureux n'excelle enfin qu'en cruauté:
Et monſtrant que iamais il n'eut de vray courage,
Il mort en trahiſon, comme vn chien plain de rage.

A l'ombre de la bonne foy
Ou ce perfide & fes complices,
Qui n'ont au fond ny, ny foy ny loy,
Mettoyent à couuert leurs malices:
A l'ombre d'vn traité fait pour nous deceuoir,
Ils ont fait ces guerres cruelles
Pour nous traiter comme rebelles,
Nous qui fuiuons les Loix, eux qui fe font fait voir
Rebelles doublement, & vrays fourbes fuprefmes
En violant des Loix qu'ils publioyent eux-mefmes.

Pour porter de leur procedé
Vn iugement fyncere & fobre,
Qu'on voye comme ils ont gardé
Leur Declaration d'Obre:
On nous la commandoit, nous la voulions tenir,
Cependant, O fureur eftrange!
On s'aueugle quand on fe vange:
Ne nous condamnant point il nous veulent punir,
Et penfent qu'il fuffit pour nous rendre coupables
Et fe dire innocens, s'ils nous font miferables.

Qui pourra lire fans effroy,
Sinon qu'ils corrompront l'Hiftoire,
Comme-ils ont abufé du Roy
Pour cette trahifon, fi noire
Qu'eux-mefmes n'ont ofé la monftrer au Soleil?
Iugeant bien leurs deffeins funebres
Dignes feulement des tenebres:
Ce fut la nuit des Roys, Herode eut fon pareil,
Ce faux adorateur d'vne Royalle enfance
N'en veut pas fans deffein aux Innocens en France.

Lafche Confeil qui le feruez
Par vn fi honteux efclauage;
Eft ce ainfi que vous conferuez
Le bien du Roy dans fon bas aage?
S'il examine vn iour cet eftrange attentat;
De l'auoir fait feruir luy mefme
Pour defchirer fon diadefme,
Pour perdre fes fujets, pour troubler fon Eftat;
Vos teftes auront bien de l'heur s'il leur pardonne
D'auoir pour des Bonnets hazardé fa Couronne.

Cher Prince, le fruict de nos pleurs,
Faudra-il toufiours en refpandre,
Et toufiours plaindre nos malheurs,
Sans iamais vous les faire entendre?
Se trouuera il point vn François genereux
Qui difpofe voftre courage
Pendant l'attente de fon aâge,
Pour bien toft exercer fur tous ces malheureux
Sa iufte auctorité qu'ils ont tantoft bannie,
A force d'exercer fur nous leur tyrannie.

Leur Tyrannie a deformais
Pour but de fes cruelles feintes,
Que nos Roys ne fçachent iamais
Nos affections, ni nos plainctes;
C'eft dans ce noir deffein qu'ils vous ont enleué,
Cette nuict mefme que leur rage
Expofa Paris au pillage;
Paris que tant de Roys ont à peine acheué!
Iugez, Sire, iugez au traittement funefte
De ce cœur de l'Eftat, s'ils efpargnent le refte.

C'euft

Paris croyant trop à leur foy,
Voyla tout soudain à ses portes
Auec la terreur & l'effroy,
Toutes ces brutalles cohortes,
Qu'au prix de nostre argent ils font venir du Nort;
Vous diriez d'autant de furies
Qui par d'estranges barbaries
Font en tous lieux souffrir ou desirer la mort,
La pauure Isle de France est par tout en alarmes,
Et par tout inondée & de sang & de larmes.

Ah! qu'il a pery d'innocens,
Dont iamais on n'aura memoire!
Qu'il en reste de languissans
Pour Trophées de la victoire
Du glorieux Condé sur tous les villageois,
Qu'il en meurt tous les iours encore,
Que la faim & l'ennuy deuore,
Et quis'en vont la hault faire entendre leurs voix
Au tribunal de Dieu pour haster sa vengeance,
Sur ces cruels demons qui tourmentent la France.

Encor si seulement Paris
Eust esté l'obiect de leur rage;
Mais qu'auoient fait aux fauoris
Tous ces pauures gens de village?
Apres tous les imposts, deuoient-ils des tourmens?
Apres leurs sueurs & leurs peines
Faloit-il le sang de leurs veines,
Et les abandonner aux brutes Allemans?
Tyrans vous faites pis que ceux des premiers aages,
Qui liuroient les Martyrs a des bestes sauuages.

C

C'euſt eſté peu des cruautez,
On a veu juſques dans les Temples
Deffroyables impietez
Qui iamais n'auoient eu d'exemples,
On y a veu loger les hommes & cheuaux,
Et au lieu d'Autels leur mangeoire,
Et au lieu d'actions de gloire.
On a veu les Demons dans ces hommes brutaux
Faire là des excez, & vomir des blaſphemes,
Qu'ils n'oſerent iamais au fonds des enfers meſmes.

On a veu ces monſtres nouueaux,
Des Aubes faire des chemiſes.
Et des houſſes à leurs cheuaux,
Des ſaincts ornemens des Egliſes,
Iuſqu'au pied des Autels on a veu ces voleurs
Forcer les filles & les femmes,
Auec des traittemens infames,
Sans reſpecter le lieu, ny Dieu ny les Paſteurs,
Qui voulans s'oppoſer à ces horribles crimes,
De Preſtres qu'ils eſtoient, ont eſté faits victimes.

Nanterre qui nous a donné
Noſtre incomparable Patrone,
Fut des premiers abandonné,
Aux excez que la Reyne ordonne,
Son propre Regiment ouurit là ſes deſſeins.
Là le viol fiſt voir ſa rage
Iuſqu'aux vierges du plus bas âge;
O grande Geneuiefue illuſtre entre nos Saincts,
Sainct Germain monſtra bien ſe riant de leur plaincte,
Qui n'a de ton pouuoir ni creance, ni crainte.

Siecles futurs eſtonnez vous?
La fille d'vn Roy Catholique,
Et ſon Cardinal en courroux,
Font voir par là leur politique,
C'eſt ainſi que malgré tant de deuotions,
Cet eſprit maling qui la tente,
Nous la fait paroiſtre enrageante;
Ainſi Machiauel conduit leurs actions,
N'en attendons pas mieux, ſi ce n'eſt en parole,
L'vn eſt Italien, & l'autre eſt Eſpagnole.

La France ne les touche point,
Ils font bien voir qu'ils ne reſpirent
Que de la mettre au triſte point,
Où des Eſtrangers la deſirent :
Ouy, ouy venez Suedois, Allemans, Pollonois,
Volez, violez, faites rage,
N'eſpargnez le ſexe ni l'aage,
Lieux prophanes ni ſaincts, pour apprendre aux François,
Puis qu'ils ſont deuenus d'vne humeur ſi ſeruile,
Qu'ils meritent le ioug d'vn Tyran de Sicile.

Ah, François où eſt voſtre cœur?
Où eſt le ſentiment fidelle,
Qui doit armer voſtre valeur
Contre vne rage ſi cruelle?
Et quoy, ſouffrirez vous qu'vne bande de gueux
Se vante, que voſtre Patrie
Souffre d'eux d'eſtre ainſi fleſtrie,
Sans lauer dans leur ſang ces outrages honteux.
Laiſſerez vous aller tous ces hommes ſans ame,
Emportans voſtre bien, & vous laiſſant ce blaſme?

C ij

A part les interefts humains,
Souuenez-vous que ces impies
Ont porté leurs profanes mains
Sur nos adorables Hofties,
Et traité Iefus-Chrift dans ce faint Sacrement,
De la façon plus deteftable,
Que pouuoit confeiller le Diable,
Iufqu'à faire deffus, leur plus fale excrement.
O Ciel! n'as tu point eu de foudre pour ces crimes
Enfer, n'a tu pas deu leur ouurir tes abyfmes?

Mais fe peut-il qu'en ces excés,
Des François foient de la partie?
Non, non, ce ne font plus François,
S'ils font la guerre à leur Patrie:
Ce font tous Eftrangers, Condé, Harcour, Praflin,
Grancey, Perfan, Guiche & le refte
De cette faction funefte:
Ce font tous les bourreaux du Tyran Mazarin,
Qui Dieu mercy n'a pas pour fes deffeins auguftes
Vn feul homme de bien, quoy qu'il ait tous les Iuftes.

Ah! les infames! les brutaux!
Qu'il eft peu de vraye Nobleffe!
Au lieu d'auoir pitié des maux,
D'vn pauure peuple qu'on oppreffe,
Se joindre à fes Tyrans! partager auec eux
Et fes depoüilles & leur haine!
O! Nobleffe lafche & vilaine!
Princes denaturez! les François font honteux,
Autant qu'infortunez de s'eftre veus contraindre
D'auoüer qu'apres vous le Turc n'eft plus à craindre.

Grande

Grande Reyne, n'estimez pas,
Qu'on seme à faux ce bruit sinistre,
L'exaggerant pour mettre à bas
Le credit de vostre Ministre;
Plust à Dieu qu'il fut vray, nous serions plus heureux,
Et vous seriez moins accusable,
Mais vn tel mal-heur nous accable,
Que nous ne pouuons plus, tant il est desastreux!
Ny nous qui le souffrons dire au poinct qu'il excede,
Ny vous qui le causez y donner de remede.

Quel remede à des maux si grands,
A tant de maisons desolées,
A tant d'outrages de brigans,
A tant de femmes violées,
A tant d'hommes meurtris, à tant d'Autels pollus,
A tant d'Eglises prophanées,
Enfin, à tant d'ames d'amnées,
Dans ces troubles sanglants que vous auez voulus?
O que d'accusateurs ; craignez, ô pauure Reyne,
Pour vos Conseils d'enhaut vne Cour Souueraine.

C'est celle où l'on ne pourra plus
Casser les Chambres de Iustice,
Ny sauuer par vn peu d'Esleus,
Tous les reprouuez du supplice.
C'est celle où Mazarin, & tous ses Partisans
Ne trouueront pas bien leur conte,
C'est celle où la peur & la honte
Feront voir sur leur front des traits d'agonizans,
Quand Dieu viendra chercher dans leur sein par son glaiue
Le sang de l'orphelin, & le pain de la vefue.

D

Ie fçay bien que certains corbeaux,
Qui croacent apres leur proye,
Loüent à la Cour tous ces maux ,
Pourueu qu'on les paye & les croye,
Allez, Monſtres d'Eglife, Apoſtres apoſtats,
Gens de *Dol*, d'*Aire*-ur, de manſonges,
Prophetes, qui preſchez vos ſonges,
Qui dites, qu'on ſe ſauue en perdant les Eſtats,
Suppoſts de Maltoutiers, qui pour des Benefices,
Canoniſez tout haut les plus grands malefices.

O Theologiens ſans foy,
Que les vapeurs du monde affolent!
quoy ? ceux-là ſeruent bien le Roy,
qui nous pillent, & qui le volent,
Et nous pour l'empeſcher, nous ſerons Factieux ?
Quoy ? dans cette iuſte defenſe,
C'eſt ſa Majeſté qu'on offenſe,
Nous veut-on apres tout, oſter encor les yeux ?
Nous dicernons fortbien l'authorité Royale
D'auecque Mazarin & toute ſa Cabale.

Oüy, oüy, nous ſommes bons François,
Et n'aurons iamais bien ny vie,
que nous ne donnions mille fois
Pour nos Roys & noſtre Patrie;
Mais quand des Eſtrangers, des Tyrans fauoris
Voileront de ces Noms auguſtes
Leurs mauuais deſſeins, comme iuſtes,
Comme ils font-aujourd'huy pour ruiner Paris;
Paris, France, il te faut monſtrer là ton courage,
Ou bien quitte ton nom, & le prend d'eſclauage.

C'eft là ce qu'il faudroit prefcher,
Cordelier, digne de la corde,
Non pas mentir pour accrocher
Cét Euefché, qu'on vous accorde :
Et vous tous chiens müets, ne fcachans aboyer,
Si ce n'eft apres les Abayes,
qui fe tournent fouuent en bayes :
Hé ! que n'exhortez vous la Reyne à larmoyer
Sur cét embrafement fi grand, & fi à plaindre,
Que des pleurs de mil ans ne pourroient pas l'éteindre.

Pourquoy ne luy dites-vous pas,
Qu'elle eft deuant Dieu refponfable
De tous ces horribles degafts,
Qui font fon peuple miferable ?
Ce peuple qu'on a veu fi viuement percé
Des douleurs de cette Princeffe,
Faut-il qu'elle mefme l'oppreffe,
Elle qui le pleuroit, le voyant oppreffé ?
Son cœur n'a-t'il pitié, qu'ayant de la mifere,
Et ne veut-il du bien, que quand il n'en peut faire.

Mais vous, Confeffeurs de la Cour,
Comment, liurerez vous à Pafques,
Comme fit Iudas à ce iour,
Iefus à ces Demoniaques
Du party Mazarin, à ces Chefs de voleurs,
Sans reparer tant de pillages,
De vols, de viols, de carnages ?
C'eft vous qui perdez tout, myftiques receleurs,
Sçauans pour excufer, ignorans pour refoudre,
Lâches pour corriger, & hardis pour abfoudre.

La Paix eſt le bien du commun,
Mais à moins que l'on reſtituë
Ce qui appartient à chacun,
Au lieu de la faire on la tuë,
France, prend garde-là; ſi ta Paix n'a ce point,
Croy moy, ce n'eſt point là la tienne,
C'eſt vne Paix Italienne,
Qui Paix en apparence, en effet ne l'eſt point,
La veritable Paix ennemie du vice,
Eſt mere du bon-heur, mais fille de Iuſtice.

F I N.

www.ingramcontent.com/pod-product-compliance
Lightning Source LLC
Chambersburg PA
CBHW061436170626
46811CB00005B/2299